Vlore & Manuel Krug

Feenritter

Vlore & Manuel Krug

Feenritter

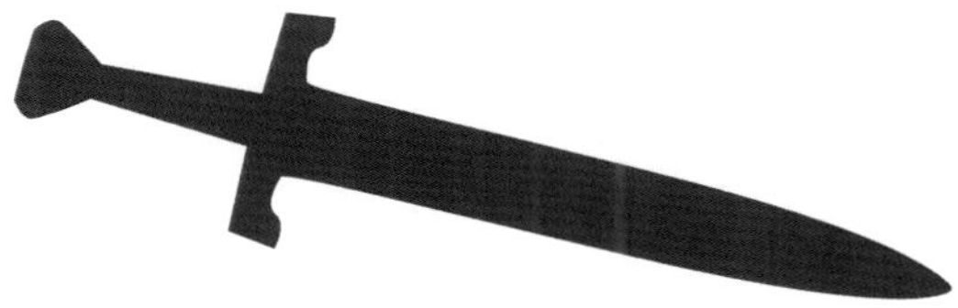

Wie Kim das Glück
im Karton entdeckte

Bibliografische Information der Deutschen Nationalbibliothek:
Die Deutsche Nationalbibliothek verzeichnet diese Publikation in der Deutschen Nationalbibliografie; detaillierte bibliografische Daten sind im Internet über http://dnb.d-nb.de abrufbar.

Originalauflage

Herausgeberin: Vlore Krug
Autorin: Vlore Krug
Fotograf: Manuel Krug
Lektorat: Cordula Gerndt
Layout, Satz & Umschlaggestaltung: Die BUCHPROFIS, München

Verlag & Druck: Buch&media GmbH, München
Printed in Germany
ISBN: 978-3-95780-260-6

Für meine Mutter,
meine Tante und meine Nichte,
die für eine bessere Zukunft ihrer Kinder
so einige Kloschüsseln geputzt haben.

Ich bin Kim. Ich bin ein echtes **Stadtkind**.

Für mich liegt das Glück auf der Straße.

Vor dem Einschlafen schaue ich Papa mit großen Augen an: »Meinst du, dass ich morgen endlich einen Fahrradhelm finde?«

Er gibt mir einen Kuss auf die Stirn:
»Wir werden sehen!«

Mein Papa sagt das nicht auf Deutsch. Er sagt das auf **»Blabanisch«**. Das ist unsere Geheimsprache. Die Leute drehen sich neugierig um, wenn wir beide **blabanischen**.

Seit ich in der Kita bin, spreche ich besser Deutsch als Papa.

Hier lebe ich.

Ich liebe Hochhäuser!
Dort fühle ich mich meiner Mama näher.
Sie ist nämlich eine **Göttin**.

»Wir Menschen dürfen das Reich der Götter
nicht betreten«, sagt Papa.
Mama war nur ganz kurz bei uns.

Doch seit mein Papa diesen coolen lila Flitzer
beim Späti-Mann für mich geschossen hat,
fühle ich mich wie ein Halbgott.
Ich trete so fest in die Pedale,
bis mir die Ohren wackeln.

Wenn Papa und ich zum Bäcker fahren,
bin ich mit meinem Fahrradkorb
der Brotlader.

Ob Götter auch
Brot essen?

Wir wohnen im zweiten Stock. Ohne Balkon.

»Ein Grund mehr, viel draußen zu sein«, freut sich Papa. Mit meinem Drahtesel transportiere ich unsere Brote in den Park. Wir picknicken gerne im Grünen.

Doof ist, dass Papa dabei immer lange mit Oma telefoniert. Oma wohnt dort, wo alle **blabanisch** sprechen. Ich habe sie nur einmal gesehen. Da war ich noch ein Baby. Sie will mich ständig durch den Bildschirm abknutschen. Manchmal schlage ich das Handy einfach weg. Papa macht das sehr traurig.

Bei Oma steht das große Haus, das Papa für uns alle baut. Deshalb arbeitet er verdammt viel. Ich will dort aber nicht hin. Schließlich würden Papa und ich dann unsere **Geheimsprache** verlieren!

Papa hat früher etwas gemacht, das in der neuen Welt keiner mehr braucht. »Was jeder Mensch braucht, ist Sauberkeit und Ordnung«, behauptet er. Dafür lieben ihn hier viele Familien.

Neulich habe ich gehört, wie eine Frau **»Putzfee«** zu ihm gesagt hat. Ich wusste schon immer, dass mein Papa **Zauberkräfte** hat.

Bis vor Kurzem ist Papa die weite Strecke zur Arbeit mit dem Fahrrad gefahren. Jetzt zahlen ihm die Familien das Tramticket. Und ich darf ab und zu mitkommen, wenn die Kita zu ist.

Es gibt nichts Schöneres, als im Stehen in der Tram zu **surfen.**

Noch schöner ist es, von weit oben auf die große Stadt zu schauen. Dann stelle ich mir vor, dass ich ein Kämpfer auf einem fliegenden Drachen bin, der seine Burg verteidigt.

Zum Glück wohnen viele von Papas Kunden unterm Dach.

Während Papa den Putzlappen schwingt, singe ich ihm selbst erfundene Quatschlieder vor.

Buuuum

Buuuum

Bumm, Bumm,

Tsching

KIM

»Wirst du es nur besitzen oder auch benutzen?«, fragt Papa.

Ich denke lange nach und entscheide mich für Schwert und Schild! Das zählt hoffentlich als eins.

Am Allertollsten an den Ausflügen zu Papas Arbeit sind die **»Zu Verschenken«**-Boxen, die dort oft herumstehen. Meine Star-Wars-Schuhe sind daher.

Leider darf ich immer nur **eine Sache** mitnehmen. »Ich will nicht zu Hause auch noch so viel Kram abstauben«, meint Papa.

Heute muss ich mich zwischen der Kasse und dem Holzschwert entscheiden.

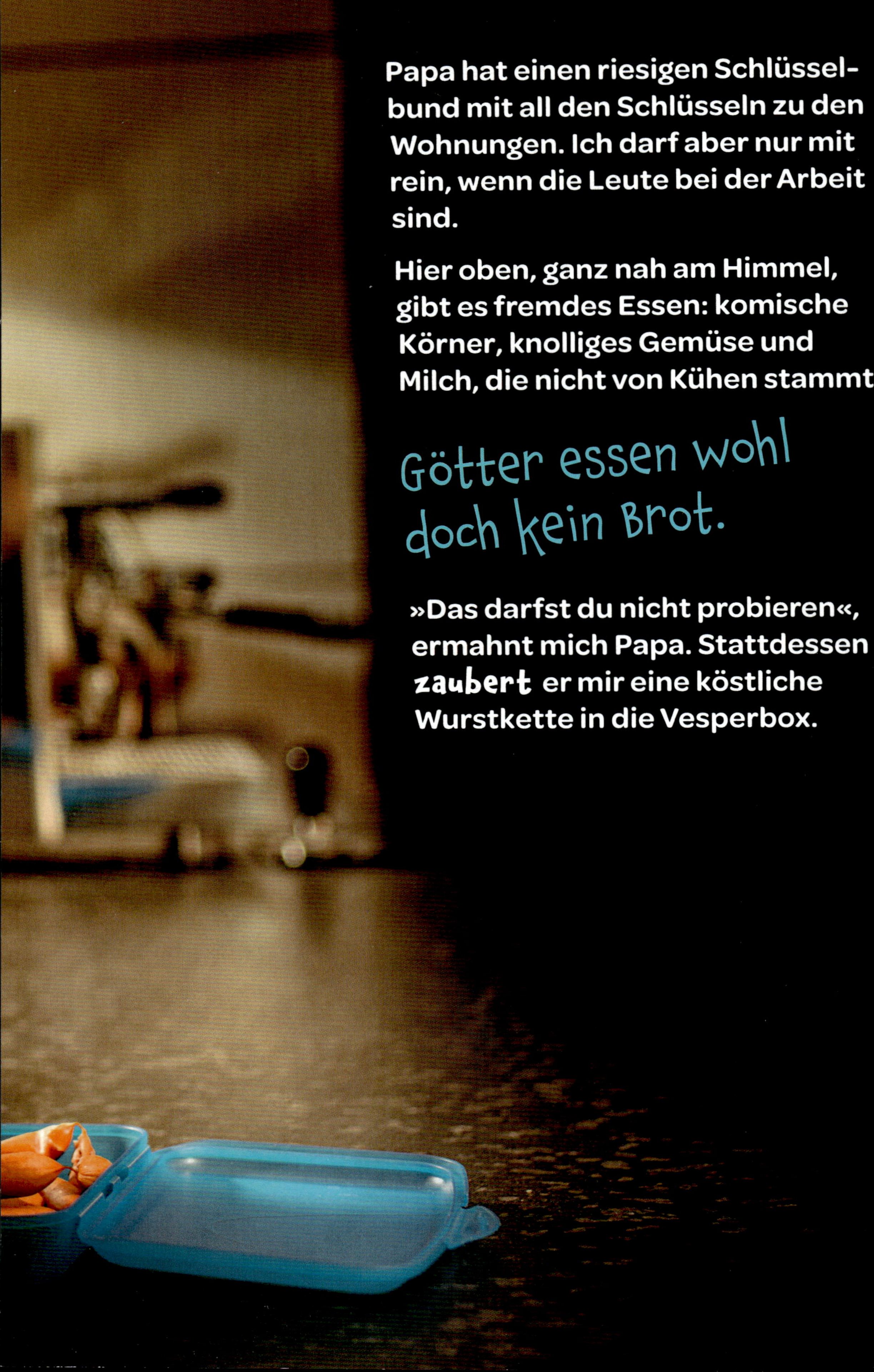

Papa hat einen riesigen Schlüsselbund mit all den Schlüsseln zu den Wohnungen. Ich darf aber nur mit rein, wenn die Leute bei der Arbeit sind.

Hier oben, ganz nah am Himmel, gibt es fremdes Essen: komische Körner, knolliges Gemüse und Milch, die nicht von Kühen stammt.

Götter essen wohl doch kein Brot.

»Das darfst du nicht probieren«, ermahnt mich Papa. Stattdessen **zaubert** er mir eine köstliche Wurstkette in die Vesperbox.

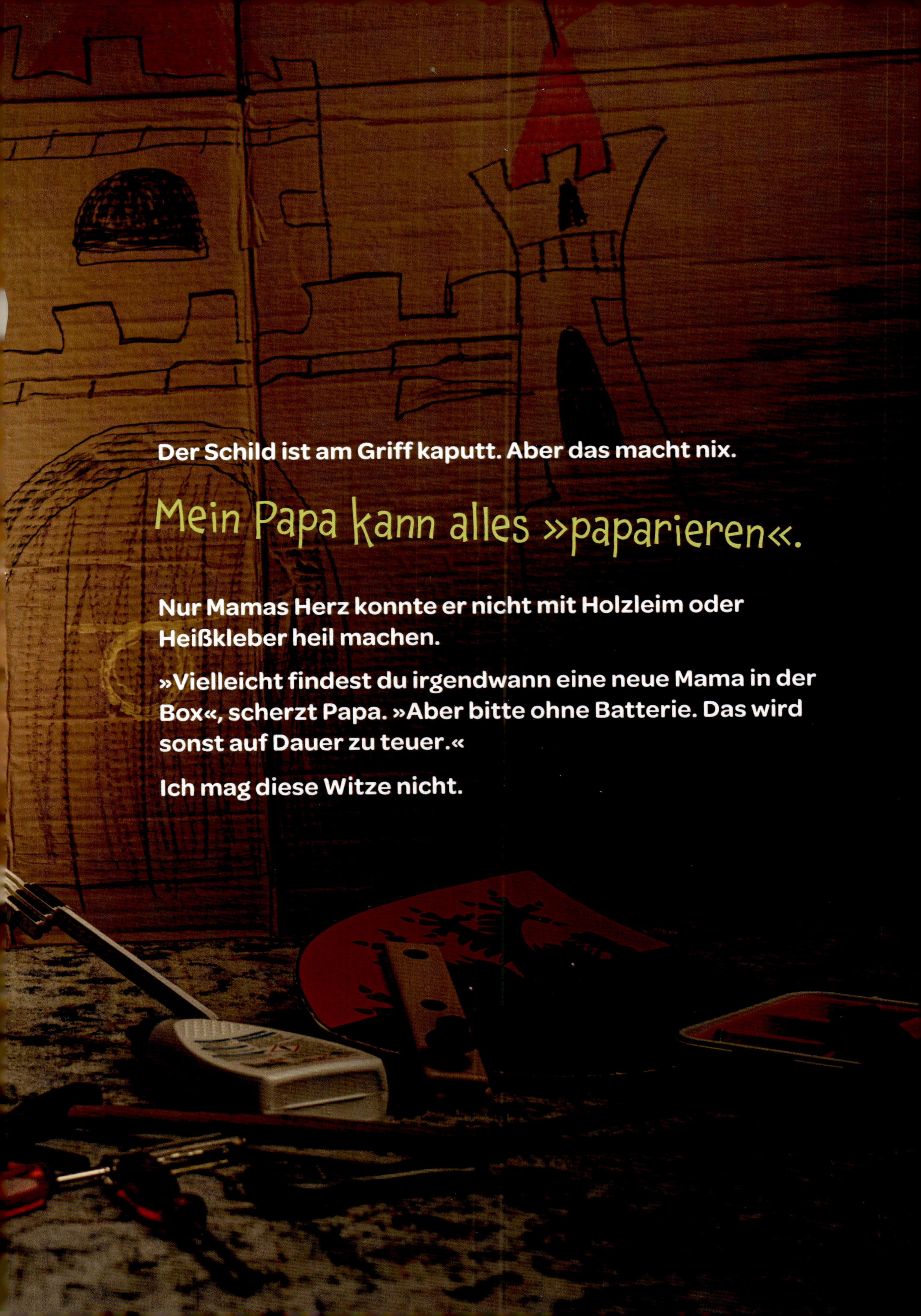

Der Schild ist am Griff kaputt. Aber das macht nix.

Mein Papa kann alles »paparieren«.

Nur Mamas Herz konnte er nicht mit Holzleim oder Heißkleber heil machen.

»Vielleicht findest du irgendwann eine neue Mama in der Box«, scherzt Papa. »Aber bitte ohne Batterie. Das wird sonst auf Dauer zu teuer.«

Ich mag diese Witze nicht.

Endlich kann ich Ritter spielen.

Papa wirft Kissen in die Luft, und ich wehre die Angreifer ab.

Mein Papa war als Kind im Krieg. Für ihn sind Waffen kein Spielzeug. Er hat versprochen, mir eines Tages davon zu erzählen.

Mein blabanischer Opa ist im Panzer gestorben. Mehr weiß ich von ihm nicht. Eine normale Familie sind wir wohl kaum.

Privatgrundstück
Unbefugten
ist das Betreten
verboten!

Heute putzt Papa in einer neuen Wohnung zur Probe. »Ein **Palast** auf 300 Quadratmetern. Das lohnt sich«, sagt er.

Ich darf leider nicht mit hoch und muss mich unten im Hof vergnügen. Erst drehe ich ein paar Runden mit dem Fahrrad. Danach entdecke ich Steine, die ich in meinem Fahrradkorb sammle.

Plötzlich geht hinter mir die Haustür auf. Eine Frau schleppt eine **»Zu Verschenken«**-Box heraus und stellt sie im Hof ab. Ich warte, bis sie weg ist, und stöbere dann durch die Sachen. Vielleicht ist diesmal ein Fahrradhelm dabei? Den könnte ich gleich doppelt benutzen: zum Radfahren und als Ritterhelm.

Kein Helm. Nur altes Geschirr und ein Haufen Wäsche. Alles viel zu groß für mich. Doch halt! Was ist das? Ein Rock wie ihn Angelina aus der Kita hat! Boah! Wer wirft denn so etwas **Wundervolles** weg? Der Rock passt perfekt über meine Hose.

Aufgeregt schnappe ich mir mein Schwert und den Schild und renne zurück in den zweiten Hinterhof. Das muss ich unbedingt Papa zeigen! Jetzt bin ich ein **Feenritter!**

Mist! Die Türen sind alle zu. Welcher Treppenaufgang war es noch mal? Ich höre Motorengeräusche aus der Tiefgarage. Ein Auto fährt heraus. Als es weg ist, krieche ich in letzter Sekunde unter dem Rolltor durch.

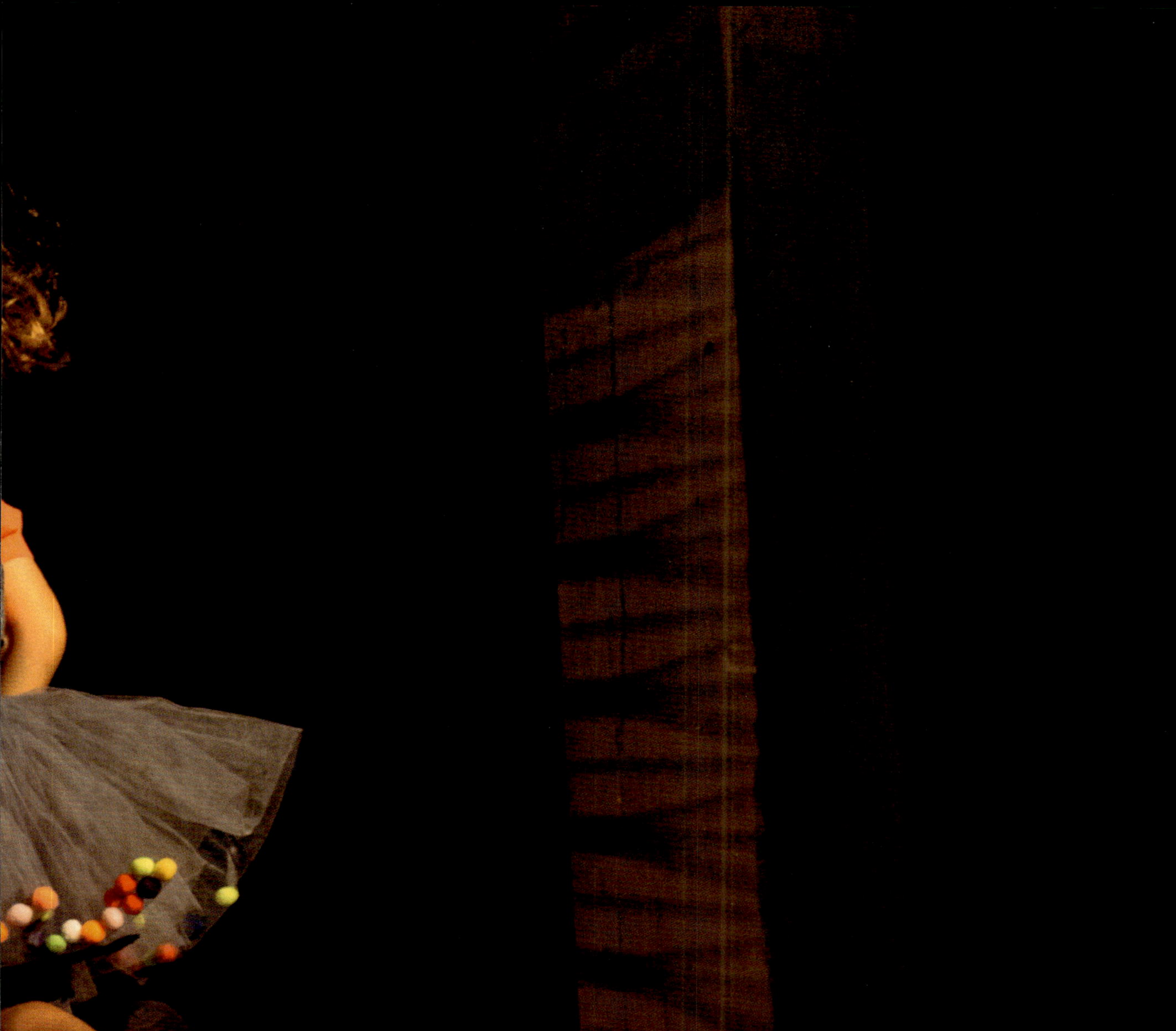

Auf dem Boden sehe ich etwas funkeln.

Ein Schatz!

Es ist eine Goldmünze. Doch als ich sie aufhebe, steht wie aus dem Nichts ein großer Junge vor mir. Er schreit mich an: »Hey! Das gehört mir! Was machst du in unserer Tiefgarage? Du siehst ja aus wie eine Vogelscheuche auf Urlaub!«

Ich suche panisch nach der Tür zum Treppenhaus. Da!

Der Riese vor mir brüllt weiter.
Da schleudere ich ihm die Münze gegen den Bauch und renne ganz schnell über die Treppe raus zu meinem Fahrrad.

Das war knapp. Mein Herz klopft
noch immer ganz laut vor Angst.

Hoffentlich bekommt Papa deswegen
keinen Ärger!

Ich fahre schneller und immer schneller.
Einfach geradeaus.

Ich weiß gar nicht mehr, wo ich bin.

PUKY

Auf einer Brücke steige ich ab. Vielleicht kann ich am Geländer hochklettern und von dort das Haus sehen, in dem Papa putzt?

Doch ich komme nicht weit.
Blutrünstige Stacheln
stellen sich mir in den Weg.

Ich fange an zu heulen.
Die Stadt ist so unendlich groß.

Wir haben uns verloren! Papa wird sich bestimmt schlimme Sorgen machen.

Sind das jetzt Tränen oder Regentropfen?

Tatsächlich! Es regnet. Auch das noch. So ein Pech! Ich muss mir schnell einen Unterschlupf suchen.

Eine Frau spricht mich an: »Hey, bist du ganz alleine unterwegs?«
»Nein!«, rufe ich und steige wie der Blitz auf mein Fahrrad.
Im Turbogang sause ich los.

Vor mir läuft eine Familie mit Sandspielzeug.

Das bringt mich auf eine Idee: Ich folge ihnen einfach! Bestimmt sind die auf dem Weg zu einem Spielplatz.

Ich hatte recht!

Doch damit habe ich nicht gerechnet:

Vor mir steht ein gigantischer Drache.

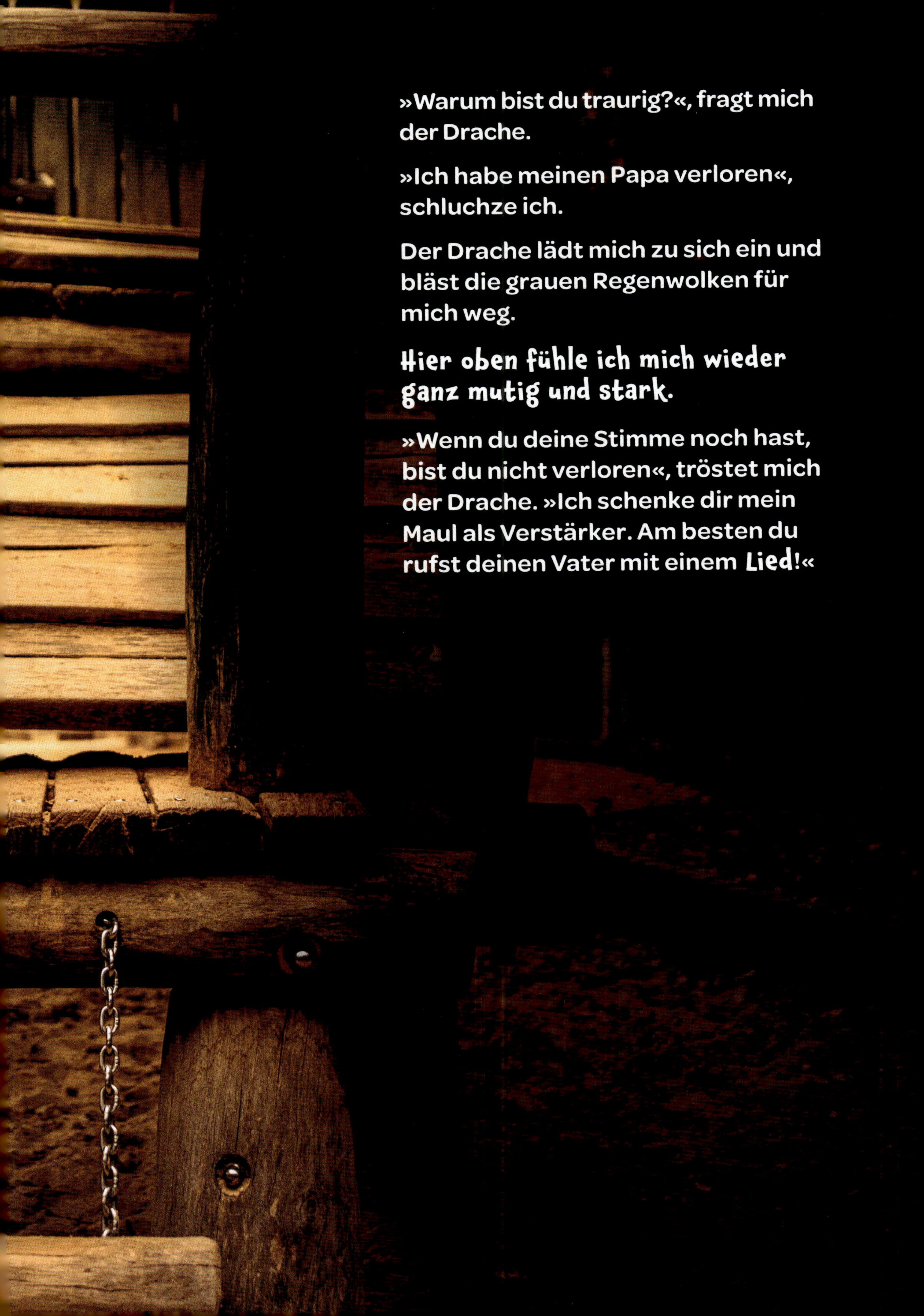

»Warum bist du traurig?«, fragt mich der Drache.

»Ich habe meinen Papa verloren«, schluchze ich.

Der Drache lädt mich zu sich ein und bläst die grauen Regenwolken für mich weg.

Hier oben fühle ich mich wieder ganz mutig und stark.

»Wenn du deine Stimme noch hast, bist du nicht verloren«, tröstet mich der Drache. »Ich schenke dir mein Maul als Verstärker. Am besten du rufst deinen Vater mit einem **Lied!**«

ERBALL

Ich steige ins Drachenmaul
und summe meine Melodie.

Mit meinem Schwert schlage ich
im Rhythmus gegen die Drachenzähne.

Buuuum

Buuuum

Bumm, Bumm,

Tsching

Es hat funktioniert!

Durch eine Zahnlücke des Drachen entdecke ich meinen Papa. Er schaut sich suchend um.

Erleichtert rutsche ich in seine nach Essig riechenden Arme.

SUPPORT
#BESETZEN

»Wie hast du mich bloß gefunden?«, frage ich.

Papa setzt sich zu mir in den Sand.

»Dein Schild lag im Hof und daneben ein paar Steine. Als ich loslief, um dich zu suchen, entdeckte ich weitere Steine. Ich bin einfach der Spur gefolgt. Wie oft habe ich dir schon gesagt, Kim, dass dein Fahrradkorb für Steine nicht geeignet ist?«

Ich blicke verlegen auf meine Füße. Doch Papa knufft mir in die Wange: »Zum Glück hörst du nicht immer auf mich. Lass uns nach Hause fahren. Oder kannst du mit dem Rock auch fliegen?«

Ich war noch nie so glücklich, **zu Hause** zu sein. Ich will Papa gar nicht mehr loslassen. Als ich klein war, habe ich in solchen Augenblicken immer gesagt: »Wir verarmen uns!«

Heute weiß ich, dass es **umarmen** heißt. Und das mache ich nun ganz fest mit Papa. Vor dem Einschlafen bitte ich ihn dann:

»Erzähl mir, wie ich heute verloren gegangen bin und du mich wieder-gefunden hast, Papa!«

PUKY

Danke, dass wir dich
auf deinem Weg begleiten dürfen.